꽃

꽃

—

초판 1쇄 2026년 4월 25일
지은이 김강호
펴낸이 김영재
펴낸곳 책만드는집

—

주소 서울 마포구 양화로3길 99, 4층 (04022)
전화 3142-1585·6
팩스 336-8908
전자우편 chaekjip@naver.com
출판등록 1994년 1월 13일 제10-927호
ⓒ 김강호, 2026

—

—

ISBN 978-89-7944-923-5 (04810)
ISBN 978-89-7944-513-8 (세트)

한국의 단시조
041

김강호 시집

꽃

책만드는집

26년 동안 발표해 온
단시조 가운데
먼저 100편을 묶었다.

시를 쓴 꽃
노래를 부른 자연
살아오면서 찾은 길
역사적인 순간이 된 'NG 모음'

광활한
백지에 새겨놓은
음절들이
어두운 밤하늘
미리내가 되고
누군가의 마음
환히 밝혀줄
꽃이 되었으면
좋겠다.

2026년 4월

김강호

■ 시집을 엮으며 까칠한 곳은 수정했다.

| 차례 |

4 • 시인의 말

1부   꽃이 쓴 시

13 • 눈꽃
14 • 치자꽃
15 • 모란
16 • 백합
17 • 박꽃
18 • 찔레꽃
19 • 양귀비꽃
20 • 유채꽃
21 • 탱자꽃
22 • 산나리꽃
23 • 너도바람꽃
24 • 목련꽃 1
25 • 목련꽃 2
26 • 목련꽃 3
27 • 목련꽃 4
28 • 목련꽃 5
29 • 목련꽃 6
30 • 들꽃
31 • 능절의 꽃
32 • 조팝꽃
33 • 민들레꽃
34 • 민들레 홀씨
35 • 민들레 대궁
36 • 민들레 뿌리

2부   자연이 부르는 노래

39 · 자드락비

40 · 니힐리스트

41 · 봄 한 컷

42 · 자미탄

43 · 수평선

44 · 무화과

45 · 반시 등불

46 · 남해바다 답신

47 · 자반고등어

48 · 초생달

49 · 상현달

50 · 보름달

51 · 보름달과 서스펜스

52 · 하현달

53 · 그믐달 1

54 · 그믐달 2

55 · 봄아, 오려거든

56 · 순직

57 · 풍경 1

58 · 풍경 2

59 · 산초지름

60 · 오징어

61 · 폭포

62 · 작설차

3부 살면서 찾아가는 길

65 • 면앙정 서사

66 • 묵화

67 • 시를 낚다

68 • 시편 1

69 • 요람에서 무덤까지

70 • 고백

71 • 희생번트

72 • 뜨개질하는 노인

73 • 어느 애비

74 • 콧등치기국수

75 • 서스펜디드 커피

76 • 귀로 먹은 보약

77 • 드로잉

78 • 치킨 배달

79 • 내가 낳은 말들

80 • 상큼한 시

82 • 원고지

83 • 귀에 박힌 녹슨 말

84 • 이명

85 • 시로 만든 벤치

86 • 굴렁쇠

87 • 담채화

88 • 홀컵

89 • 잠 못 드는 밤

4부   NG 모음

93 · NG 모음 1
94 · NG 모음 2
95 · NG 모음 3
96 · NG 모음 4
97 · NG 모음 5
98 · NG 모음 6
99 · NG 모음 7
100 · NG 모음 8
101 · NG 모음 9
102 · NG 모음 10
103 · NG 모음 11
104 · NG 모음 12
105 · NG 모음 13
106 · NG 모음 14
107 · NG 모음 15
108 · NG 모음 16
109 · NG 모음 17
110 · NG 모음 18
111 · NG 모음 19
112 · NG 모음 20
113 · NG 모음 21
114 · NG 모음 22
115 · NG 모음 23
116 · NG 모음 24

117 · NG 모음 25
118 · NG 모음 26
119 · NG 모음 27
120 · NG 모음 28

121 · 해설

1부

꽃이 쓴 시

눈꽃

얼어붙은
달동네
허기 달랜 단칸방

도란대다
터트린
은전 같은 웃음소리를

하늘이
가득 담아서
눈꽃으로 뿌리네

치자꽃

14

폭발성이 강력한
향기를 장착하고

불면에 뒤척이는 밤 숨죽이며 다가와

내 마음 저격해 버린 넌
황홀한 테러리스트

모란

깊은 봄 뒤란에서
삼삼오오 피는 입술

저것은 꽃이 아닌
간절한 기도였다

점점 더 붉게 달아오른
통성기도 한 무더기

백합

어머니께
드린 말씀이
대궁으로 높게 서 있고
어머니
짧은 대답이
꽃으로
얹혀 있다
행복한
봄날 한때를
인화해 놓은
앞마당

박꽃

떠오르는
보름달 보자
온몸이
달아올라

밤새도록
히죽거리며
몸을 섞어
놀다가

한낮엔
시들해져서
죽은 듯이
사는 꽃

찔레꽃

세상이 버려서
새가 된 한 여자가

앞산 뒷산 오가며
울음 피워 놓는다

보는 놈
다 미치라고

꽃 무덤에
묻히라고

양귀비꽃

마약 같은
그리움
감당할 수 없어서
밤새도록
그 모습
흔적 없이
퍼냈는데
보란 듯
천지 사방에
피어 웃는
붉은 꽃

유채꽃

가난한
마음밭에
들여놓은
성산포

종일토록
바람이
금화를
실어 나른다

좌르륵
좌르르르륵
부유한 날의
메타포

탱자꽃

거침없이
쏟아낸
독기 서린 내 말들이

네 몸에
스며들어
가시로 돋았는데

봄 내내
그냥 괜찮다고
하얗게 웃어
보이네

산나리꽃

날씬한 네 몸매에
내 곁눈 들러붙었다

겉치레 벗고 서서
농염하게 웃음 짓다가

낮술에 붉게 취해서
흐느껴 우는 여인

너도바람꽃

사랑 불
내게 긋지 마
재가 될까
두려워

피다가
떠날 거면
피지 말고
그냥 가

봄 뒤란
눈물 훔치며
오는 듯이
가는 꽃

목련꽃 1

꿈이듯
다가와서
환하게
웃더니

정 한번
줄 새 없이
훌쩍 떠난
빈자리

초록빛
여운이 돋아
아프게
너울대네

목련꽃 2

행복한
모습 보러
겨울 숲
헤쳐 왔는데

그녀는
울먹이며
꽃 등불
끄고 있네

넋 잃은
풍금 소리만
하얗게
쌓이는 뜰

목련꽃 3

뿌리 깊이
고여 있던
그리움을
퍼 올려

하늘이
혼절하도록
눈부시게
피우더니

며칠 밤
뜬눈으로 살다
새가 되어
떠났네

목련꽃 4

혹독한
겨울밤을
눈물로
다 녹였네

그리움에
쩌-억 쩍
금이 간
하늘 뚫고

앙상한
뼈마디마다
눈부셔라
흰 새 떼

목련꽃 5

겨우내
잠 못 들고
써왔던 이별시를
이레 남짓
곁에 와서
슬피 울며
펼치더니
내 가슴
눈물의 강에
꽃배 되어
떠가네

목련꽃 6

저건
가슴 찢는
너의 고백이지

돌아갈 수
없는 강을
건너온 등불이지

절망의
가지 끝에서
터트려 놓은
울음

들꽃

고난의
허리춤에서
주고받던 말들을

빠뜨리지 않고서
적어둔 필사였다

보란 듯
봄 길목에서
피워 올린
상소문

능절의 꽃

바다에
외롭게 떠
능절의 꽃 품은 노도

길 잃은
새가 울어
적소 어둠
다 녹인다

서포의
푸른 붓끝에서
피어나는
만필 묵향

조팝꽃
-정신대

뼛속에
녹아드는
슬픔을
감당 못 해

온몸이
야위도록
가슴 쥐어뜯더니

세상을
덮고 남을 듯
피워 올린
눈물꽃

민들레꽃

어지러운 세상에서
중심을 바로잡고

어둠을 밝히겠다고
불씨를 품고 와서

불의의 복판을 향해
그어대고 있구나

민들레 홀씨

34

너는 아마 전생에
독립투사였나 보다

마지막 남은 생을
조국에 바치겠다며

폭탄을 가슴에 품고
열도로 날아가는,

민들레 대궁

애비 되어 살아가는 길
저토록 힘 드는가?

속엣것 다 뽑아 올려
꽃으로 피워놓고

기진한 생을 버티다
풀썩 주저앉으니

민들레 뿌리

36

척박한 곳 어딘들 못 살 이유 있겠는가?
주린 날의 긴 허기를 콧노래로 달래며
조선의 질긴 뚝심을 땅속 깊이 내렸다

2부
자연이 부르는 노래

자드락비

저, 허공
연금술사가 하늘을 주물러서

배 주린
사람들에게 실컷 먹어 보라며

국수를
찰지게 뽑아 내려주는 잔칫날

니힐리스트

긴 문장 움켜쥐고

수만 리 달려와서

한 소절도 읽지 못하고 쓰러지는 파도의 일생

저렇게 생은 끝났다

포말만 남겨둔 채

봄 한 컷

수다스런 봄바람
꽁무니를 움켜쥐고

정신없이 산등성이를
내달리던 진달래가

뻐꾸기 울음에 놀라
잠시 멈칫 서 있다

자미탄

기다림에
지친 나는

잔물결로 일렁이고

땡볕 입고
다가온 너는
내 사랑에 취했다

미친 듯
백 일만 살자

뼈와 살이 녹도록

수평선

숨 가쁜 맥랑 속에
알몸으로 달려들어

밤새도록 사랑의 불씨
지펴놓고 헤엄쳐 나온

종다리 울음소리를 팽팽하게 당기는 선

무화과

에이는
그리움을
남몰래 삭이고 삭여
행여나
들킬까 봐
가둬놓은 그녀의 방
그렁한
분홍 눈물이
꽃망울로
맺혔네

반시 등불

날 사랑하면
등불 하나
걸어달라
기별해 놓고

천 리 길
굽이돌아
당신에게 갔더니

놀라라!
심장 멎을 듯
천지간 온통
붉은 등불

남해바다 답신

아득한
남해바다를
통째
넣어 온 답신
봉투를
뜯자마자
갈매기 떼
날아가네
백지엔
바다보다 푸르게
출렁이는
그리움

자반고등어

수많은
파고 넘으며
눈물겹게
살다가

못다 한
이승의 사랑
죽어서
하기 위해

저렇듯
깊은 품속에
꿈을 묻은
조강지처

초생달

그리움 문턱쯤에

고개를

내밀고서

뒤척이는 나를 보자

흠칫 놀라

돌아서네

눈물을 다 쏟아내고

눈썹만 남은

내 사랑

상현달

얼마나
그리우면 그사이 못 견디고

어둠이 오기 전에
햇살 밟고 온 걸까

마지막
남은 흔적마저 내 가슴에 묻을 사람

보름달

지상에서 쏟아낸
웃음들 다 모아서

쪽빛 하늘 복판에
환하게 차올랐네

우울한 그림자 없는
오늘은 참, 행복한 날

보름달과 서스펜스

비늘 부신
시 한 줄이
갈숲으로
기어갔다

꿩 한 쌍
소스라쳐
꿩! 꿩! 울며
솟구치자

화들짝
놀란 보름달
쩌엉쩡!
금이 갔다

하현달

소쩍새 울음소리
무논 가득 차오른 봄

슬픈 사연 한 줄기
빛 타래로 풀어놓고

빈 가슴 움켜쥐고서
가고 있는 이별 길

그믐달 1

동짓달

스무엿샛날

새벽 무렵이던가

모진 세상 버티다 지쳐

목을 맨 쪽방 남자

목숨이 사위어간 자리

음각된

뼈 하나

그믐달 2

산비둘기
울음이
구워낸
눈물 그릇

겨울 풀린
처마 끝에
투명하게
걸려서

쏟아낸
소녀 눈물을
넘치도록
받고 있다

봄아, 오려거든

봄아
오려거든

단추 풀고
오거라

성질 급한 사내가
안달하다 혼절했단다

얄망한
웃음 띠우며

단추 느긋이
푸는 봄

순직

저녁 식탁
뚝배기에
끓어 넘는
해물 바다
다른 놈들
거품 뱉으며
천기누설
다 했는데
끝까지
입 앙다물고
순직한
조개 하나

풍경風磬 1

동백꽃
가득한 산에
달빛 쌓이던 밤
오랫동안
견뎌왔던
그리움에도
피가 돌아
하늘에
파문을 내며
울고 있는
여인

풍경 2

멀어서
가 닿지 못할
그대 먼
그리움의 강

한 방울
눈물마저
말라버린
가슴을 때려

다 닳아
소리 없을 때까지
울어야 할
슬픈 운명

산초지름

지왕 지름
될라믄
산초지름
되어야지

들에서 난
지름들은
숭내도
감히 못 낼

산 하나
걸쭉히 짜낸
한 종발
산초지름

오징어

지독한
위선의 입과

간교한
지느러미와

종내는
납작하게
눌린 네 이력을

쐬주에
곁들여 먹는

호사스런
봄 나절

폭포

저너
머엔
마음
씨착
한부
자가
사나
보다
주린
자모
두와
실컷
담아
가라
고찰
진쌀
쉴틈
도없
이종
일쏟
아붓
고있
다

작설차

초록이
새소리를
퍼 올리는
녹차밭

사랑에
넋 잃은 새 떼
혀를 놓고
날아갔다

찻잔에
맴도는 울음
슬퍼지는
작설차

3부

살면서 찾아가는 길

면앙정 서사書師

관운 좋은 선비가
쪽빛 하늘 복판에

시편을 펼쳐두고
찍어놓은 달빛 낙관

부서라, 가슴 터질 듯
잠겨 있는 맑은 서사

묵화

먹을 간다
어둠을 간다

답답한
세상을 간다

산 같은
탐욕을 갈아

부시게
일어나는 빛

그 빛에
붓을 적신다

비수보다
푸르다

시를 낚다

언어의
바다에서

낚시질을
하다가

동틀 무렵
입질한 시

잽싸게
낚아챘다

싱싱한
시의 비늘이

햇살보다
부셨다

시편 1

산 하나
옮기는 일
긴 강 풀어
놓는 일

붉게 달군
시 한 편
모루에
올려놓고

은장색
숨을 죽이며
그믐달로
벼리는 일

요람에서 무덤까지

엄마 거 내게 다 주고
엄만 배가 안 고파?

응! 난 하나도 안 고파
너만 보면 배불러
.

.

.

유골함 받아 들고 묻는다
.

.

.

엄만 배가 안 고파?

고백

꽃샘추위
다녀간 뒤

내가 봄이 되었다

못 견디게
달아올라

감당할 수 없는 통증

다투어
툭툭 터진다

황홀경의
꽃 소리

희생번트

이쯤에서 날 버려야 모두가 사는 거다

만개하는 환호 속에 차오르는 슬픈 웃음

한순간 번개가 치듯, 동백꽃 툭, 떨구듯

뜨개질하는 노인

침침한
요양 병동
빛 몇 올
움튼 구석

뒤엉킨
생을 푸느라
헛손질만 하는 노인

속울음
삼키는 소리
죽음보다
슬펐다

어느 애비

코뚜레를 움켜쥔
자식 손에 이끌려

평생토록 멍에 진 채
갈아엎는 빚더미

죽어야 끝날 것이다
쟁기보다 질긴 인생

콧등치기국수

74

기득권에 빨려드는
쫄깃한 자존심이

오만한 콧등 한번
시원하게 치고 있다

으히히!
곁눈질하다

웃음 쏟는
정선 장날

서스펜디드 커피*

비발디 사계 가을이
물드는 작은 찻집

여린 눈물 어룽이는
찻잔에서 별이 뜬다

잘 우린 커피 향보다
사람 향이 좋은 날

* suspended coffee. 돈이 없어 커피를 사 먹지 못하는 노숙자나 불우한 이
웃을 위해 미리 돈을 내고 맡겨두는 커피.

귀로 먹은 보약

교만의
죽지가 자라
날갯짓을 할 무렵

두 귀로
받아먹은
쓰디쓴
보약 한 첩

영혼이
겸손해져서
무릎으로 살고 있다

드로잉

군살이나
걷치레 없는
깔끔한
선이었다

빠르게 달려가서 멈춰 선 투명한 방

취기에
젖은 여인이
알몸으로
누워 있다

치킨 배달

축 늘어진
시간 위에
걸터앉아
조는 낮

부우웅!

오토바이가
빼놓고 간
꽁무니

그 뒤를
알몸뚱이로
파닥거리며
쫓는 닭

내가 낳은 말들

오늘도 알을 낳듯
정갈한 말을 낳는다

네 마음 광주리에
도란도란 모여 앉아

탐스런 보석이 되어
반짝이고 있기를

상큼한 시

어느 골
시심으로

키워온
열매기에

씹을수록
상큼하게

스며드는
향기인가

산뜻한
시집 속에서

똑,
따 먹는

시
한 송이

원고지

정형의 벌통들이
꽃 숲에 나란하다

벌떼가 분주하게
드나드는 구멍 속에

달달한 꿀물이 가득
차오르는 환장할 봄

귀에 박힌 녹슨 말

내 귀에 잘못 박힌 나선형 녹슨 말을

누군가 역회전의 드릴로 꺼내 보인다

아, 순간 확장된 귀에 차오르는 판타지

이명耳鳴

84

날마다 전쟁이다
포탄이 쏟아진다

달리는 탱크 소리를
막아낼 묘수가 없다

평화가 무르익기를
종전 선언 하기를

시로 만든 벤치

가슴에 설움 쌓여
울고 싶은 사람들

단풍 아래 귀뚜리랑
밤새 울어 보라고

시 한 편 조립을 해서
달빛 아래 놓는다

굴렁쇠

당신 마음
꺼내자
굴렁쇠가
되었네요

뒤틀리고
모난 세상
둥글게
살아보자며

기쁨도
슬픈 날들도
뭉뚱그려
도네요

담채화

쪽물 든
하늘에서

떨어질 것만 같아

숨죽이며
받아보려고

모둠손
펼치는데

낮달을
부리에 물고

날아가는
기러기

홀컵

10.8cm
구멍 속에

제 것들
넣겠다고

기를 쓰고
휘두르며

뒤를 쫓는
사내들

그 마음
다 알겠다며

받아주네
저, 홀컵

잠 못 드는 밤

베틀로
놓인 생각에
사무치는
그리움

달빛 뽑아
빚은 모시를
감아 넣은
북이 되어

결 고운
생각 사이를
들락거리는
깊은 밤

4부

NG 모음

NG 모음 1

여전사손에들린빠루가소리친다

니들 다 뽑아낼 테니

똑 - 빠루 해

똑 - 빠루

뒤틀려 주저앉을 듯

이전투구에

눈먼 집

NG 모음 2

스스로를 삭혀서 독기가 없는 정치
도가니에 묵혀서 감칠맛 나는 언론
잘 쪄서 구미 당기는 노사 식탁 위에 올리다

NG 모음 3

－꿀에

엉겅퀴가 백합인 양
교만에 빠져, 럽미 럽미

수탉이 지붕에 올라
홰를 치며, 픽미 픽미

멀리서 키득거리다가
뒤집어진, 생쥐 생쥐

NG 모음 4

-대파

쪽파밭에
만사형통
군림하던
대파를,

터질 듯
탱탱하게
채워둔
탐욕 집을,

잘 벼린
부엌칼 들고
숭덩숭덩
써는
아짐

NG 모음 5
-미더덕

내 몸을
우려냈다고
그냥
버리지 마라

탱탱하게
남아 있는
마지막
자존심을

뜨겁게
터뜨리고서
남은 길을
가리라

NG 모음 6
—어느 선거 벽보

체리보다 달콤한
확성기 유혹들이

짓무른 귀 흘러나와
달아나는 썰물의 시간

검은 혀 늘어뜨린 개들
껌딱지처럼 붙어 있다

NG 모음 7
- 법꾸라지

미끄덩! 손아귀에서
빠져나갈 요량이다

날 선 칼 튕겨내는
독기 푸른 늙은 내공

사법부 가마솥에는
물이 연신 끓고 있다

NG 모음 8

-혀

이끼 가득
끼도록
오래된
침묵의 방

가벼운
말들은
눈빛으로
대신했다

허투루
내뱉지 않는
자존심이
붉은 꽃

NG 모음 9

- 홍어

바다가 무너질 때
음탕하게 퍼질러져

미친 듯 빨아들였을
블랙홀의 아가리

감춰진 눈먼 시간이
비릿하게 삭았다

NG 모음 10
– 1905년 11월 20일 황성신문

을사늑약 건너온

나팔꽃이 거품 문 채

개돼지들 향해서

피 터지게 외치는 봄날

장지연 시일야방성대곡

죽음보다 푸르다

NG 모음 11
-쿠데타와 혁명 사이

'그녀는'을
'그녀'으로
줄여 쓴 건
쿠데타다

'그년'을 '그녀는'으로 돌려놓는 혁명을 하라

괴리에
얽힌 저 거리
쿠데타와
혁명 사이

NG 모음 12

－하회탈

몸이 타서
숯덩이 됐다

손톱 발톱
흔적 없다

끌려가서 감쪽같이
주검으로 사라져 간

그 흔적
다 덮어놓고

웃고 있는
하회탈

NG 모음 13

살과 뼈
뒤틀어진

눈이 희뜩
뒤집힌

그날을
덮어두고

살아온
죄가 깊다

오싹한
등골을 치며

뻗어가는
비명 소리

NG 모음 14
－비리

우듬지
카멜레온
혀를 쭈욱
잡아당기자

비리가
뒤엉겨서
산더미로 따라 나온다

놀랍다
철썩 달라붙어
공생하는
진드기들…

NG 모음 15
－검은 입

보란 듯
당당하게

거칠 것 하나 없이

만인 앞에
보여주던

선서의 흑심 논리

백지가
검댕이 되도록

덧칠하는
독한 입

NG 모음 16
－가시밭

가시밭에
돋아나는 곧고 여린
꽃과 나무

감히 뿌리 못 내리게
죄다 뽑아 버려라

독기가 넘쳐흐르는
특권층의
질긴 밭

NG 모음 17
－먹물

돌아선 놈
죄다 잡아
골마리 까고
뒤져라

이든 벼룩이든
샅샅이 잡아내라

그래도
깨끗하거든
먹물 적셔
벗겨라

NG 모음 18
-후회

그럴 줄
다 알면서
잠시 잠깐 정신 나가

알량한 양심 접고
도장 꾹 누른 손을

눈물로
씻어내느라
핏기가 선
민초들

NG 모음 19
-금고

40조
담겨 있는
재벌 회장 금고에는

백혈병
주검들과
불법 위장 도급들과

반올림
깔아뭉개는
철권의 힘
들어 있고…

NG 모음 20

1953년
7월 27일
전쟁이 묶어놓은

머리가
다 세도록
화약고가 되어 있는

옥죄는 질긴 허리끈
단숨에 풀고 싶다

NG 모음 21
-황금 노역

짠하다
어르신네
사는 게
참, 짠하다
하루 푼돈
5억짜리
황금 노역이라니
난 지금
조조할인해서
영화 보고
오는데

NG 모음 22
-쓰나미

독 오른
독사처럼
교만한 입 쩍 벌리고

반도를
송두리째
삼키려는 저, 열도

5천만
날 선 눈빛이
쓰나미로 달려간다

NG 모음 23
-골프공

돈을 먹은 거위가
낳아놓은 흰 알들

얻어맞고
주 ——————→ 욱 뻗어
날 선 창이 되더니

단숨에 권좌를 뚫고
초원에 꽂혔다

NG 모음 24
-테니스공

비명 한번 못 지르고
벌벌 떨던 남산 숲

금빛 황제의 공이
코트를 튕겨 나와

야망의 정수리쯤에
옹이로 박히다

NG 모음 25
- 야구공

36년 억압부터
독도 망언까지

자근자근 밟아 넣고
흉측하게 꿰맨 몰골

한 방에 날려버렸네
후련해라

홈~런

NG 모음 26

이전투구 안 보려고 두 눈을 빼버렸다
저질 말 못 들어오게 귀를 틀어막았다

먹통 숲 여의도 보며 외발로 선 벙어리 새

NG 모음 27
－밤

칼보다 날 선 눈을
부릅뜬 하늘 아래
가시 속 권좌들의
음모는 늘어간다
몸통을 잡고 흔들어
털어버리고 싶은
밤

NG 모음 28

오리발을 몸통 가득 붙이고 살던 지네

가시 달린 그림자 끌고 천지 사방 뛰고 날더니

발 잘린 몸뚱어리로 동굴에 철컥, 갇혔네

상흔의 기록을 수행하는 서정적 아카이브

김강호

　'꽃'은 자연 이미지가 아닌 존재론적 사유의 핵심 매개로 기능한다. 작품군은 대체로 육체, 역사, 관계, 초월의 네 축으로 구조화했으며, 각 축은 상호 전환적 의미망으로 형성했다. 먼저 몸과 욕망의 층위에서 꽃은 생존 충동과 감각적 기원을 드러내며, 육체를 경험의 기입 면으로 재정의했다. 꽃을 관능적 장식이 아닌 실존적 상흔의 기호로도 위치시켰다. 이어 역사, 고통, 기억의 층위에서 꽃은 소멸 국면에서 더욱 강한 증언성을 획득하여, 물의 기억이라는 순환 구조를 통해 폭력과 부채의 잔여를 귀환시키는 매개가 되도록 했다. 한편 어머니, 가족, 일상의 작품군에서는 관계적 윤리를 복원하며, 사랑을 감정이 아닌 존재의 정당성을 증명하는 관계적 증빙으로 제시했다. 사물학은 일상 속 권력의 비가시적 구조를 드러내며 서정을 감상주의로 환원하지 않는다. 마지막으로 사랑, 상실, 초월의 축에서「목련꽃」연작은 상승적 존재 도식을 구축하고, 상실을 소멸이 아닌 초월의 매개로 재구조화했다. 이때 언어는 반영적 도구가 아니라 세계를 생성하는 원리로, '시가 되는 순간'은 존재 발생의 계기로 해석하면 좋을 듯하다. 그러나 말미의「NG 모음」에서는 이러한 형이상학적 상승을 현실 윤리로 회수하여 권력, 폭력, 민중적 상처의 현장을 다시 노출했다. 결국 이 시집에서 꽃은 미적 대상이 아니라 존재, 기억, 윤리, 초월을 관통하는 개념적 장치이며, 텍스트 전체는 상흔의 기록을 수행하는 서정적 아카이브가 될 수 있다. 이 작품들을 4부로 나누어 해설해 보고자 한다.

1부

1. '고통을 가진 꽃들'−마당에서 피어난 빛의 문장

척박한 현실의 한복판에서 '꽃'은 가난, 고통, 결핍을 '빛의 언어'로 바꾸어내는 시적 심장이다. 눈꽃이 얼어붙은 단칸방에서 시작되는 삶의 신산함은, 오히려 눈부신 순백의 서정이다. 기근 같은 일상 속에서도 도란대다 터트린 은전 같은 웃음은 하늘이 받아 뿌린 '꽃'으로, 치자꽃과 모란은 인간의 감정이 꽃의 향기나 색으로 치환되는 '정서의 변환 장치'로 놓았다. 이 꽃들은 실제의 꽃이 아니라 사람의 마음이 굳어져 피어난 형상의 변주에 가깝다. 향기로운 폭발력은 치자꽃의 테러로, 신앙적 열망은 모란의 통성기도로, 모자의 대화는 백합이 핀 '앞마당 사진'으로 승화시켰다.

어머니께
드린 말씀이
대궁으로 높게 서 있고
어머니
짧은 대답이
꽃으로
얹혀 있다
행복한
봄날 한때를
인화해 놓은
앞마당
　―「백합」전문

이 시의 백합은 단순한 한 송이가 아니라, 어머니와 아들 사이를 잇는 '말의 기둥'이다. 아들이 "어머니께/ 드린 말씀이/

대궁으로 높게 서 있”다는 표현은 그 말이 단순한 발화가 아니라 어머니를 향한 존경, 사랑, 감사의 기세로 곧게 뻗은 생의 줄기임을 암시한다. 백합의 대궁은 곧게 올라가며 빛을 향하지만, 여기서는 어머니를 향한 마음의 방향성의 표현이다.

그 위에 “짧은 대답이/ 꽃으로/ 얹혀 있다”는 구절은, 어머니의 말은 길지 않아도 꽃처럼 가장 맑고 간결한 정수만 남길 줄 아는 삶의 지혜가 담겨 있음을 드러낸다. 어머니는 많은 말을 하지 않지만, 그 짧은 대답 속에 담긴 온기와 눈빛이 꽃의 향처럼 퍼져 나온다. 그래서 이 시에서는 꽃을 단순한 식물이 아니라, 어머니의 응답이 피어난 형태로 본 것이다. “행복한/ 봄날 한때를/ 인화해 놓은/ 앞마당”은 두 사람의 대화를 한 장의 사진처럼 고정해 두었다. 앞마당은 가족의 삶이 가장 먼저 시작되고 가장 오래 머물렀던 공간이며, 그곳에 인화된 봄날은 지워지지 않는 한 장의 추억, 기억의 풍경이다. 꽃과 말, 대답과 침묵, 봄과 빛이 순간에 포개져 한 장면을 연출한 것이다.

나는 소박한 일상의 대화 속에서 부모와 자식 사이의 사랑이 어떻게 형태를 갖추고 피어나는지를 백합이라는 상징을 통해 보여주고 싶었다. 말과 꽃이 서로를 닮아가는 순간, 삶의 가장 따뜻한 기억이 ‘봄날 앞마당’에 인화되듯이 영원히 남았다.

이처럼 꽃들은 현실의 비루함을 피하지 않고 오히려 그 속에서 피어난 정신의 빛을 기록한다. 꽃은 자연의 사물이 아니라, 삶의 깊은 층위에서 건져 올린 정신적 풍경이다. 고통이 빛을 낳는다는 오래된 진실을 꽃의 언어로 새롭게 쓰고 싶었다.

2. '그리움의 불꽃들'-몸과 시간 사이에서 흔들리는 감정의 화염

꽃들은 모두 몸의 온도, 사랑의 상처, 욕망과 그리움의 파동을 품고 있다. 박꽃의 달아오름, 찔레꽃의 광기 어린 울음, 양귀비의 중독적 집착, 유채의 가난을 금화로 바꾸는 바람, 이들 시 속 꽃은 더 이상 순백의 상징이 아니라, 감정의 불씨처럼 타오른다. 탱자꽃의 가시가 된 말, 산나리꽃의 농염과 눈물, 너도바람꽃의 두려움 섞인 이별의 경계성은 모두 '꽃'을 통해 인간의 내면적 균열을 드러내는 장면들이다.

꽃은 여기서 사람의 감정 기관이 되고, 사랑은 처음과 끝이 모두 '피고 지는 과정' 속에서 드러난다. 이 꽃들은 아름답고 향기로우나, 그 속에는 상처의 흔적, 말의 독기, 그리움의 중독이 숨어 있다. 꽃이 '피는 순간'이 얼마나 많은 감정적 폭발을 내장하는지를 보여주는 해부도라고 할 수 있다.

3. '목련의 장례와 부활'-이별, 기억, 시詩의 발생을 둘러싼 여섯 겹의 변주

「목련꽃」 연작은 독립된 장章이다. 여기서 목련은 단순한 꽃이 아니라, 이별의 메타포, 기억의 환영, 슬픔의 의식, 희망과

상실의 순환을 모두 끌어안은 '총체적 상징'으로 재탄생한다. 「목련꽃 1」은 순간적으로 다가왔다 사라지는 존재의 허무와 여운을, 「목련꽃 2」는 행복을 보러 온 이가 울음을 마주하는 시적 반전의 비애를, 「목련꽃 3」은 그리움이 고여 있다가 한순간 폭발하듯 피었다 새가 되어 떠나는 탈주의 순간을 기록했다.

「목련꽃 4」의 "흰 새 떼"는 눈과 눈물, 순결과 상흔이 겹쳐진 이미지로, 시간의 균열 속에서 피어난 '빛의 잔해'이자 '영혼의 탈피'다. 「목련꽃 5」는 이별시를 쓰던 겨울 끝에 찾아온 목련이 꽃배가 되어 가슴의 강을 건너가는 장례 의식이며, 「목련꽃 6」은 절망 끝에서도 피어나는 마지막 '등불 같은 고백'이다. 이 꽃들은 모두 사라짐의 절정에서 피어나는 시학이다. 피는 순간이 곧 지는 순간이며, 지는 순간이 곧 새로운 서사가 태어나는 시점이다. 목련은 일종의 시의 상징 조각상, 혹은 삶의 무상함과 부활을 잇는 순백의 메신저로 기능한다.

4. '들에 피어난 저항의 문장들'―조팝꽃의 정신과 조선의 뿌리

1부의 마지막 단락은 「들꽃」 「능절의 꽃」 「조팝꽃」과 '민들레' 4연작으로 구성했으며, 이 작품집에서 사회적·역사적 의식을 가장 강하게 드러낸 파트다. 들꽃은 고난의 언어를 필사한 상소문이며, 봄 길목에서 하늘에 제출하는 억울하고도 당당한 삶의 보고서다. 조팝꽃은 눈물의 잔설이 피워 올린 역사를 다른 눈물겨운 꽃이다.

> 뼛속에
> 녹아드는
> 슬픔을
> 감당 못 해
>
> 온몸이
> 야위도록
> 가슴 쥐어뜯더니
>
> 세상을
> 덮고 남을 듯
> 피워 올린
> 눈물꽃
> 　－「조팝꽃 – 정신대」 전문

　정신대의 이름 아래 새겨진 비극을 시는 '조팝꽃'이라는 상
징으로 불러냈다. 봄 언덕에 소복하게 피어 흔들리는 그 흰 꽃
은, 사실 하얀 기쁨의 꽃이 아니라 뼛속까지 스며든 슬픔이 밀
려올 때 남은 마지막 생의 흔적이다. 시의 화자가 되어 "뼛속
에/ 녹아드는/ 슬픔"이라 말했으며, 그 고통이 피부나 근육을

넘어 존재의 핵심, 인간으로서의 존엄이 깎여 나가는 자리까지 파고들었음을 드러냈다. 그 무게는 단순한 상처나 기억의 고통이 아니라, 한 시대의 여성들이 강제로 겪어야 했던 모멸과 사라진 계절들의 총체다.

“온몸이/ 야위도록/ 가슴 쥐어뜯더니”는 육체의 파괴만을 의미하지 않는다. 역사의 어둠 속에서 누군가의 삶이 통째로 뜯겨 나가고, 그 흔적이 오랫동안 말해지지 못한 채 침묵의 골짜기에 묻혀 있던 시간이다. 야윈다는 것은 영양의 결핍이 아니라 말할 언어를 잃은 존재의 쇠약함이다. 누구도 제대로 들어주지 않았던 울음, 누구도 대신 말해주지 않았던 생의 절규를 이 세 줄의 짧은 이미지에 응축시켰다. “세상을/ 덮고 남을 듯/ 피워 올린/ 눈물꽃”은 화사한 백색으로 피어나지만, 이 시에서의 흰빛은 순결이나 환희의 빛이 아니다. 그것은 너무 많이 울어 눈물샘이 말라버린 자리에 마지막으로 남은 빛, 눈물조차 더 이상 흘릴 수 없어 꽃의 형상으로 변해버린 이들의 기록이다. ‘눈물꽃’이라는 표현은 상처가 꽃이 되는 기이한 변환을 그리는데, 이는 고통이 미화되어 아름다워진다는 뜻이 아니라, 고통을 더는 지니고 있을 수 없어 꽃이라는 외형으로 밀어 올렸다는 의미다. 조팝꽃이 “세상을/ 덮고 남을 듯/ 피”어난다는 마지막 대목은, 개인의 비극이 집단적 기억으로 확장되는 순간을 가리킨다. 한 사람의 아픔이 단독의 것이 아니라, 시대의 하중을 품고 솟아오르는 거대한 백색의 무덤처럼 세상 전체를 뒤덮는 기억의 지층이 된 것이다. 조팝꽃의 흰빛은 바로 그 역사적 사죄의 서늘한 기류다. 맑지만 차갑고, 아름답지만 슬픔을 피할 수 없는 색이다.

이 시에서는 꽃을 노래하는 것이 아니라, 꽃이 될 수밖에 없었던 누군가의 삶을 기리며, 흐르지 못한 눈물이 어떻게 세상에 피어나는지를 조용하지만 강렬하게 보여주고 싶었다. 조팝꽃은 봄마다 다시 피고 지지만, 그 흰 잔설 같은 꽃송이는 이 땅의 역사 위에 꺼지지 않는 기억의 빛으로 남아, 우리가 잊지 말아야 할 슬픔을 호출할 것이다.

민들레꽃은 흔들리는 세상에서 중심을 잡고 "어둠을 밝히겠다"는 선언으로, 홀씨는 전생의 독립투사처럼 나라를 위해 몸을 던지는 저항의 혼령으로 묘사했다. 민들레 대궁은 아비가 되는 길의 고단함을 피워 올린 꽃의 봉분으로, 민들레 뿌리는 척박함을 두려워하지 않고 조선의 뚝심을 땅속 깊이 내리는 근원적 생명력의 상징으로 보았다. 이 꽃들은 더 이상 아름답기 위해 피는 것이 아니다. 버티기 위해, 견디기 위해, 기억하고 저항하기 위해 피는 꽃들이다. 자연이 아니라, 민초의 삶이 꽃을 밀어 올리고, 역사적 상처가 꽃잎의 결을 만들며, 정신의 뿌리가 흙 속에서 흔들리지 않고 자리를 지켰음을 노래했다.

꽃 24편을 네 개의 계단처럼 배열해 보았다. ① 현실을 빛으로 바꾸는 꽃, ② 사랑, 욕망, 그리움의 감정적 불꽃, ③ 이별과 부활을 오가는 목련의 순환, ④ 저항과 생명의 뚝심으로 피는

조팝꽃과 민들레의 정신. 꽃은 단순한 식물이 아니다. 기억의
아카이브, 감정의 정류장, 슬픔의 물리적 형상, 저항의 깃발, 그
리고 무엇보다 시가 피어나는 원초적 장소다. 1부의 시편들은
인간의 내면과 역사, 고통과 기쁨, 사랑과 슬픔, 부활과 저항이
서로 뒤섞이며 지상에서 가장 작은 존재가 어떻게 가장 큰 서
사敍事를 써 내려가는지를 꽃을 통해 보여주는 한 다발의 인간
학적 주장이다.

2부

1. '물결의 문장들'－자연이 흘려 쓰는 시

  자연이 인간보다 먼저 쓴 문장은 늘 물에서 시작된다. 「자드
락비」에서 하늘은 연금술사가 되고, 비는 국수가 되어 굶주린
세상에 흘러드는 배부름의 은혜가 된다. 자연은 가난을 조롱하
지 않고, 오히려 허기를 거두는 잔칫상을 비의 손으로 차려낸
다. 빗물의 하강은 단순한 날씨가 아니라, 하늘이 인간의 결핍
을 회복시키려는 서사다.

  저, 허공
  연금술사가 하늘을 주물러서

배 주린
사람들에게 실컷 먹어 보라며

국수를
찰지게 뽑아 내려주는 잔칫날
　－「자드락비」전문

'자드락비'라는 제목은 이미 빗줄기를 하나의 생명체이자 행위자로 부각한다. 빗방울을 단순한 자연현상이 아니라 허공에서 연금술사가 빚어내는 환한 기적으로 바라봤다. 하늘을 주무르는 연금술사의 손길은 곧 세계를 다시 빚어내려는 의지처럼 보이고, 그 움직임 속에서 비는 단순히 떨어지는 물이 아닌 굶주린 이들의 삶을 적시는 '선물'로 변환했다.

"배 주린/ 사람들"이라는 구절은 물리적 허기가 아니라, 오랜 결핍과 고단한 일상에서 따뜻한 무언가를 기다리는 인간의 내면적 허기까지 담아내고 있다. 이들에게 비는 천벌도, 재난도 아닌 "실컷 먹어 보라"는 자비로운 초대다. 빗줄기를 생계의 끈, 삶을 이어주는 양식과 겹쳐놓으며, 하늘에서 내려오는 신비로운 손길을 통해 인간의 삶을 돌보는 어떤 초월적 존재의 숨결로 형상화했다. 종장의 "국수를/ 찰지게 뽑아 내려주는 잔칫날"은 이 시의 가장 아름다운 변환점이다. 비 오는 날의 흔한 풍경이 신성한 '잔칫날'로 바뀌는 순간, 비는 허기를 채우는 음식이 되고, 세계는 따뜻한 부엌이 된다. 빗줄기 하나하나는 삶의 위로, 공평하게 나누어지는 온기의 상징이다. 결국 이 시가 보여주는 세계는 고단한 현실 속에서도 하늘이 인간을 위해 마련한 작은 잔치, 즉 삶을 견디게 하는 보이지 않는 위로의 순간이다. 비는 단지 내리는 것이 아니라, 하늘이 인간에게 건네는 따뜻한 손이다. 그렇게 자연을 통해 인간의 고단함을 쓰다듬고, 결핍의 시간을 '잔칫날'로 바꾸어놓은 세계다.

하지만 물의 생애가 언제나 풍성한 것은 아니다. 「니힐리스트」의 파도는 수만 리를 달려왔으나 단 한 문장도 제대로 읽지 못한 채 쓰러진다. 생의 무수한 노력 끝에 남은 것은 포말 한 줄기뿐. 그러나 그 포말이야말로 완성되지 못한 문장의 운명, 자연이 인간에게 보여주는 허무의 형식이다. 「봄 한 컷」은 물 대신 바람이 자연의 필사자다. 「자미탄」에서 물결은 기다림에 지쳐 몸을 흔들고, 사랑은 땡볕을 입은 채 다가와 취한다. 자연의 수면 위에서 타오르는 단 백 일의 광기는, 사람의 연애와 계절의 사랑이 서로 닮아 있음을 보여준다. 자연의 물결은 감정의 잉크를 삼키며, 생의 열기를 흔들리는 수면 위에 남긴다. 「수평선」에 이르면 물결은 사랑의 무대다. 바다의 거대한 활주는 종달새 울음이라는 가는 현을 팽팽히 당기는 조율이다. 인간이 사랑을 위해 헤엄쳐 나올 때마다 자연은 이를 수평선에 눌러 기록하며, 사랑은 결국 자연의 음률 위에서만 완성된다는 사실을 각인시킨다.

2. '불의 숨결, 달의 숨결'—타오르는 자연, 타오르는 그리움

자연이 불의 언어로 그리움과 사랑을 굽는 장면들이다. 「무화과」의 분홍빛 눈물은 보이지 않는 방에서 몰래 숙성된다. 언뜻 과일의 성숙처럼 보이지만, 실은 그리움의 발효 과정이다. 들키지 않으려던 마음의 깊은 상처가 어느 순간 꽃망울처럼 드러난다. 「반시 등불」에서는 사랑을 기별하던 한 사람 앞에, 세상이 온통 등불로 환하게 차오른다. 자연은 사랑의 신호를 단 하나의 등불이 아닌, 천지의 불꽃으로 보았다. 자연은 인간의 사랑을 축소하지 않는다. 오히려 지나치게 확대하여, 사랑이 빛의 홍수로 밀려오는 장면을 만든다. 「남해바다 답신」의 봉투는 바다 전체를 봉해둔 편지다. 갈매기 떼가 푸드덕 날아오르는 순간, 자연은 인간의 그리움을 봉인 해제하듯 비장하게 터뜨린다. 백지의 푸른 흔들림은 글이 없는 시, 혹은 글자를 잃고 파도만 남은 마음의 초서草書다. 「자반고등어」에서는 바다 생의 비극을 사랑의 서사로 바꿨다. 살아서는 폭풍을 헤치고, 죽어서는 미처 못다 한 사랑을 위해 짭조름한 품속으로 돌아온다. 자연에서는 죽음마저 사랑의 또 다른 단계다. 생의 부재가 오히려 사랑의 완성이기도 하다. 세 개의 달—초생달, 상현달, 보름달은 그리움의 진행 과정이다. 초생달은 눈썹만 남은 사랑처럼 가늘고, 상현달은 마지막 흔적을 묻으러 햇살 밟고 찾아온다. 보름달은 그리움이 정점에 도달한 환희의 원형이며, 인간이 흘린 웃음이 하늘에서 둥근 빛으로 환골탈태한 순간이다.

그리움 문턱쯤에

고개를

내밀고서

뒤척이는 나를 보자

흠칫 놀라

돌아서네

눈물을 다 쏟아내고

눈썹만 남은

내 사랑
 ―「초생달」전문

　「초생달」은 고등학교 1학년 교과서에 수록되었다. 단순한 하늘의 기호가 아니라, 내 마음 깊숙이 누워 있는 그리움의 첫 표정이다. 아직 둥글어지지 못한, 겨우 고개를 내민 가느다란 빛은 사랑의 잔여물, 혹은 감정의 깊은 밤을 건너온 가장 여린 감정의 초입을 상징한다. 초생달을 "그리움 문턱쯤"이라는 공간에 세워두었는데, 이는 기억과 현실의 경계, 붙잡고 싶음과 놓아야 함 사이 감정의 접경지대를 의미한다. 그 문턱 너머에서 초생달은 조심스레 고개를 내미는데 나를 바라보는 달은 곧 내면화된 타자, 즉 사랑했던 사람의 흔적이다. 그 달이 나의 뒤척임을 보고 "흠칫 놀라/ 돌아서"는 순간은, 이미 떠나간 사랑이 다시는 나를 마주하지 못하는 순간이며, 동시에 나 자신이 더 이상 과거를 정면으로 바라보지 못하는 장면이다. 사랑은 떠났고, 떠난 사랑은 '발걸음'을 남기지 않는다. 다만 달빛처럼 어딘가에 스며 있을 뿐이다.

　"눈물을 다 쏟아내고/ 눈썹만 남은/ 내 사랑"이라는 종장은 시의 정서가 가장 응축된 자리다. 눈물은 슬픔의 액체지만, 시에서는 사랑의 몸체가 사라진 뒤 남은 마지막 흔적으로 등장한다. 눈물조차 다 흩어지고 남은 '눈썹'은 지극히 가늘고 거의 사라질 듯한 존재다. 이는 초생달의 형태와도 닮아 있으며, 사랑이 거의 소멸한 뒤 남은 실오라기 같은 그리움의 상형문자이다. 달과 사랑, 눈썹과 눈물은 서로를 비추는 상징의 거울로 얽

혀 시 전체를 감싸는 정서를 형성한다. 이 시는 '초생달'이라는 사물에, 소멸해 가지만 지워지지 않는 감정의 잔광을 담아냈다. 다 사라진 줄 알았던 사랑은 한 올의 눈썹처럼, 새벽하늘의 초생달처럼 남았다. 붙잡을 수 없고 만질 수 없으며, 돌아서지만 완전히 떠나지도 않는 가느다란 존재가 바로 사랑이고, 그 사랑은 가장 깊은 그리움의 빛을 만들어낸다.

3. '어둠의 변주' – 그림자가 쓰는 비가悲歌

자연은 어둠의 목소리로 인간의 비극과 상실을 대변한다. 상현달은 그리움이 너무 깊어 어둠보다 먼저 빛으로 돌아온 존재이며, 끝내 사라질 흔적까지 화자의 가슴에 묻히는 사랑이다.

보름달은 세상에서 흘린 웃음들이 하늘에 모여 이룬 완전한 빛으로, 그늘 없이 충만한 행복을 드러낸다. 「보름달과 서스펜스」에서 시 한 줄은 "갈숲으로/ 기어"가고, 꿩의 소스라침이 달빛에 금을 낸다. 자연은 이 장면에서 문학과 생명의 충돌음을 들려준다. 시와 생명, 달과 금, 울음과 침묵이 서로에게 흔적을 남기며 깨우는 밤이다. 「하현달」의 소쩍새 울음은 봄물을 대신해 넘치는 슬픔이다. 어둠은 사연을 끌어 나르는 비단 줄이며, 떠나는 발걸음마다 달이 스스로 닳아 없어진다. 자연은 인간의 이별을 물리적 소멸로 치환한다. 「그믐달 1」은 패배한 인간의 비극을 날카롭게 드러낸다. 동짓달의 쓸쓸한 새벽, 한 남자가 사라진 자리에는 뼈 하나가 음각되어 있다. 자연은 인간의 고통을 외면하지 않는다. 오히려 그림자처럼 가까이에서 지켜보고, 빛이 닿지 않는 마지막 순간까지 조용히 기록한다. 「그믐달 2」는 눈물의 그릇이다. 산비둘기의 울음이 소녀의 눈물을 굽고, 처마 끝에 걸린 얼음은 투명한 기록물로 자리한다.

자연은 아픔을 얼려 보존하는 상실의 아카이브다. 「봄아, 오려거든」은 봄을 통해 드러난 사랑의 해학이며, 끝까지 입을 다문 채 죽어간 「순직」의 조개는 바다의 비밀을 지키는, 침묵하는 생명이다. 윤리적 비극미로서, 폭로와 배신이 난무하는 세상에서 끝내 입을 열지 않는, 자연이 인간에게 보여주는 가장 단단한 교훈이다.

4. '자연의 목소리'—바람과 소리가 쓰는 인간의 윤리

자연과 언어, 바람과 소리가 일깨우는 장면이다. 「풍경風聲 1 · 2」에서 동백꽃과 달빛은 여인의 울음을 울림으로 바꾸고, 먼 그리움의 강은 소리 닳도록 애타는 슬픔을 길어 올린다. 자연은 애절함을 단순한 감정이 아니라, 소리의 물결로 변환한다. 「산초지름」에서는 땅의 강렬한 기운을 압축했다. 들판의 지름(기름)들은 산초의 숭내(흉내)를 감히 낼 수 없다. 자연의 깊이는 높이가 아니라 씹어낸 땅의 무게, 축적된 시간의 매운 기운으로 완성된다. 「오징어」에서는 위선과 간교함, 그리고 결국 눌린 생의 이력까지 모두 인간의 초상처럼 묘사했다. 자연은 때때로 인간의 흥함을 반사경처럼 비추며, 술상 위의 오징어 한 마리가 타락한 시대의 블랙코미디가 된다. 「폭포」에는 형식 파괴적 배열 속에 '넘침'의 서사를 담았다. 단숨에 쏟아내는 물줄기는 주린 자들에게 쌀을 퍼붓듯 생의 위로를 던진다. 자연은 분절된 언어 너머에서 무한한 생의 넘침을 선보인다. 마지막으로 「작설차」는 초록이 새소리를 퍼 올리는 찻잎의 산문이다. "사랑에/ 넋 잃은 새 떼"가 "혀를 놓고/ 날아"가는 장면은 자연의 감정이 인간의 가슴으로 스며드는 순간이다. "찻잔에/ 맴도는 울음"은 단순한 슬픔이 아니라, 자연이 우려낸 목소리다. 결론적으로 자연은 인간보다 먼저 시인이었다.

'자연이 부르는 노래' 24편은, 사실 자연이 인간에게 보내온 오랜 서신집書信集이다. 비는 허기를 달래고, 달은 그리움을 기록하며, 바다는 사랑을 봉해두고, 산과 바람은 고통을 울림으로 만든다. 이 작품군으로 보여주고 싶은 핵심은 단 하나다. 자연이 인간의 감정을 모방하는 것이 아니라, 인간이 자연의 언어를 뒤늦게 따라 배우는 것이라는 것이다. 물결의 문장, 불의 숨결, 어둠의 변주, 땅의 목소리, 이 모든 것은 인간이 살며 남겨놓는 감정의 깊이를 자연이 먼저 알고, 먼저 말하고, 먼저 기록해 온 증거다. 그러므로 자연이 부르는 노래는 곧 인간이 잊은 감정을 다시 울려주는 소리다.

3부

1. '내면을 벼리는 길'—빛의 문장, 고요의 호흡

인간의 내면이 어떻게 단단해지고, 오래 숙성된 사유가 어떤 방식으로 빛을 얻는지를 보여주는 시들이다. 「면앙정 서사書師」와 「묵화」 「시를 낚다」 「시편 1」 같은 작품들은 모두 한 인간이 언어 이전의 침묵 속에서 자신을 단련하는 과정이다. 「면앙정 서사」에서 선비는 달빛을 낙관처럼 찍는다. 달은 밤의 침묵을 밝히는 가장 밝은 빛이자, 내가 나에게 부여하는 내적 증명의 문장이다. "부셔라, 가슴 터질 듯/ 잠겨 있는 맑은 서사"에서 '부셔라'는 명령형이면서 동시에 기원의 언어다. 자신 안에 갇힌 서사를 '깨부수어야'만 비로소 진짜 글이 나온다는 고전적 자기 단련의 미학이다. 이러한 긴장과 고요는 「묵화」에서도 서술했다. 먹을 가는 행위는 어둠을 갈아 빛을 얻는 노동이다. 인간이 삶의 답답함을 갈아내며 얻는 건 분노가 아니라 '붓에 적신 빛'이다. 빛은 단순한 밝음이 아니라, 암흑에서 스스로 길어 올린 윤리적 결기다. 그래서 마지막 행 "비수보다/ 푸르다"는 역설이다. 가장 날카로운 것이 가장 푸를 수 있는가? 이 푸름은 상처의 색이 아니라, 어둠을 베어내는 정직한 정신의 색이다. 「시를 낚다」는 언어의 바다를 다루지만, 결국 말하고자 하는 건 언어 이전의 감각이 반짝이는 순간의 포착이다. 동틀 무렵의 입질은 새벽과 감각, 세상과 내면이 잠깐 스치듯 맞닿는 찰나다. "싱싱한/ 시의 비늘"은 언어의 표면, 즉 시가 가질 수 있는 생명력을 뜻한다. 말 이전의 말, 문장 이전의 숨결을 시인으로서 어떻게 되살릴지를 고민했던 대목이다. 이 시류의 절정이라고 생각한 것은 「시편 1」이다. 시 한 편을 모루 위에 올려놓고 달구어 벼린다는 묘사는 시를 금속처럼 단련하는 장인적 태도로 보아주면 좋겠다.

산 하나
옮기는 일
긴 강 풀어
놓는 일

붉게 달군
시 한 편
모루에
올려놓고

은장색
숨을 죽이며
그믐달로
벼리는 일

- 「시편 1」전문

이 시는 '시를 쓴다'는 행위를 거대한 자연을 움직이고, 금속을 벼리는 대장장이의 노동으로 겹쳐놓았다. "산 하나/ 옮기는 일/ 긴 강 풀어/ 놓는 일"에서, 한 편의 시를 완성하는 것은 결코 가벼운 조립 작업이 아니라 거대한 자연의 질서를 다시 세우는 일임을 강조한 것이다. 이는 시적 창작이 내면의 산을 옮기고, 오래 눌려 있던 감정의 강줄기를 풀어 흘려보내는 고통스러운 작업이라는 것을 암시한다.

중장에서 "붉게 달군/ 시 한 편/ 모루에/ 올려놓고"라는 표현은 시를 고통 속에서 달궈진 뜨거운 금속에 비유한 것이다. 이때의 '붉음'은 고통, 열망, 혹은 오래 눌러두었던 언어의 심부深部가 불꽃처럼 치솟은 상태를 말한다. 그것을 모루 위에 올려놓는다. 모루는 작품의 뼈대를 잡는 단단한 세계, 다시 말해 시인의 정신과 가치가 버티는 자리이다. 그 위에서 시는 형태를 갖추고 단단함을 얻는다. 종장에서 "은장색/ 숨을 죽이며/ 그믐달로/ 벼리는 일"은 시의 가장 아름답고 은밀한 순간이다. '은장색 숨'은 달빛 같은 고요, 정제된 호흡, 창작자가 끝내 홀로 견뎌내는 내면의 침묵을 나타낸다. 때로는 말보다 침묵이 더 날카로운 칼날이 되듯, 이 침묵은 시를 다듬는 가장 예리한 힘이 된다. '그믐달'은 거의 다 사라져 가는 조각 빛으로, 시인이 마지막 미세한 형태를 깎아내며 언어의 가장 얇은 결을 벼리는 모습을 형상화했다. 그믐달의 빛은 작고 약해 보이지만, 가장 깊은 어둠 속에서 오히려 더 선명해진다. 나의 전직이 한때 '세 공쟁이'였으므로 바라보는 언어의 진실 또한 그러하다.

결국 이 시는 한 편의 시 쓰기가 거대한 자연을 움직이는 일이자, 대장장이가 금속을 벼리듯 영혼의 뜨거움과 침묵을 오가는 '내면의 연금술'임을 말한다. 시는 쉽게 써지지 않는다. 산을 옮기고 강을 풀어놓는 일, 달빛 아래 금속을 다듬는 일처럼, 오래 견디고 오래 뜨거워야 비로소 한 줄의 문장으로 태어난다. 모루의 이미지는 시가 결코 감상적 유희가 아니라 노동과 수련, 그리고 윤리적 태도의 산물임을 말해준다. 시 쓰기는 내면을 정련하여 언어로 벼리는 장면을 보여주는 일이다. 이 주체는 누구보다 고독하지만, 그 고독이 빛의 형태로 응고되는 순간, 존재의 조용한 증명자가 된다.

2. '사랑과 상처의 길'—밀물처럼 밀려오는 감정의 작용

인간이 살아가면서 맞닥뜨리는 정서의 파문들—사랑, 그리움, 상실, 고백, 희생을 중심에 두었다.「요람에서 무덤까지」를 이 단락의 핵심적 축으로 놓아보았다.

엄마 거 내게 다 주고
엄만 배가 안 고파?

응! 난 하나도 안 고파
너만 보면 배불러

.

.

.

유골함 받아 들고 묻는다

.

.

.

엄만 배가 안 고파?
-「요람에서 무덤까지」 전문

　이 시에서 반복되는 질문 "엄만 배가 안 고파?"는 단순한 생리적 허기의 확인이 아니라, 모성이란 무엇인가를 드러내는 핵심 상징이다. 아이는 자신이 음식을 더 먹어도 되는지, 혹은 엄마가 자신을 위해 희생하고 있는지 가늠할 수 없는 나이지만, 어린 마음에도 어렴풋이 '무언가를 빼앗고 있다'는 감각을 가지고 있다. 이때 엄마가 답하는 말, "너만 보면 배불러"는 생물학적 굶주림을 초월한 모성의 본질이다. 배부름은 영양의 충족이 아니라 존재의 이유, 사랑의 충만함이다. 그러나 이 대답은 시의 후반부에서 다시 불러낼 때 전혀 다른 무게를 가진다.

유골함을 받아 들고 다시 묻는 "엄만 배가 안 고파?"라는 질문은, 단순한 말의 반복이 아니라 순환의 반전, 혹은 뒤늦은 깨달음의 상징이다. 어린 시절에는 이해하지 못했던 모성의 '배부름'이, 성인이 되어 상실을 마주한 순간 비로소 심연처럼 다가온다. 죽음 앞에서 '배고픔'은 사랑의 기원을 되묻는 말이 되고, '배부름'은 영원히 되돌려 주지 못한 감사와 죄책감의 이유가 된다. 실제로, 유골함은 무게가 많이 나가지 않지만 마음속에서는 가장 무거운 사물이다. 내가 가진 그 가벼움과 무거움을 겹쳐놓았다. 어린 시절의 질문은 가벼웠고, 어른이 되어서의 질문은 무겁다. 그러나 두 질문 사이에 놓인 시간은 '요람에서 무덤까지'라는 제목이 암시하듯, 생의 전 과정이다. 결국 시는 '모성의 순환'을 다루는 듯하지만, 더 깊이 보면 아이였던 내가 어른이 되고, 어른이 되었다고 믿는 순간 다시 아이가 되는 역전의 구조를 갖고 있다. 유골함 앞의 '나'는 세상에서 가장 무력한 아이로 돌아가 있다. 이 시를 통해서 주고 싶었던 울림은, 사랑과 희생이라는 단단한 단어들이 실은 가장 연약한 감정의 결로 이루어져 있다는 사실을 깨닫게 하는 것이었다. 엄마의 '배부름'을 평생 오해한 채 살다가, 그 말의 진짜 의미에 도달하는 순간은 너무 늦게 찾아온다. 그러므로 마지막 질문은 엄마에게 묻는 것이 아니라, 결국 나 자신에게 묻는 자책의 반향이다. 세상에서 가장 슬픈 질문은 '대답을 들을 수 없는 질문'이라는 사실을 절제된 방식으로 보여주고 싶었다. 한 문장의 반복으로,

시는 생의 원환 구조, 사랑의 비가역성, 상실의 절대성을 압축하며, '요람에서 무덤까지'라는 제목을 실질적 존재론으로 완성했다. 이 시는 생애의 시작과 끝을 잇는 돈을새김처럼, 인간 관계의 근원적 비극과 아름다움을 동시에 표현했다.

「고백」에서는 '고백'을 감정의 폭발, 계절의 변용으로 드러내 보았다. 꽃샘추위가 지나자 화자는 봄이 됐다. 봄은 따뜻함이라기보다, 이 시에서는 참을 수 없는 내부의 열이다. 통증이 먼저 오고, 그 통증이 꽃 소리로 터진다. 즉, 사랑의 자각은 기쁨 이전에 고통으로 도착한다. 그래서 이 시는 고백의 순간을 '황홀경과 고통의 중첩'이라는 중의적 층위에서 보아야 한다. 「희생번트」 또한 하나의 사랑이자 타자성의 표현이다. 자신을 버리면 모두가 산다는 문장은 희생의 윤리라기보다, 한 사람이 진정으로 타인의 환호를 위해 자신을 지우는 순간의 슬픈 우월감을 암시한다. "동백꽃 툭, 떨구듯"이라는 비유는 한국 정서의 상징적 죽음 이미지와 연결되며, 자기 소멸의 아름다움과 비극을 겹쳐놓았다. 이 결은 「뜨개질하는 노인」에서 한층 더 어두워진다. 요양 병동의 "빛 몇 올"은 희망이 아니라 삶의 마지막을 버티는 미세한 온기다. 뒤엉킨 생을 푸는 행위는 슬프게도 헛손질에 그친다. "죽음보다/ 슬펐다"는 문장은, 죽음 자체보다 그 죽음에 닿기 전의 고독과 무력감이 더 컸음을 말한다. 또한 「어느 애비」는 가난한 가장의 삶을 모진 소의 일생에 비유한 냉엄한 시다. 코뚜레와 멍에, 빚더미는 인간의 사회적 굴레

이며, "죽어야 끝날 것"이라는 구절은 자조가 아닌 현실적 감각
이다. 여기서 아비의 삶은 개인 서사라기보다 가난이 낳은 세
대적 고통의 반복이다. 이 시편들은 결국 인간의 감정이 삶을
어떻게 흔드는가, 그 흔들림이 어떻게 문장으로 정제되는가를
보여준다. 이들은 내면의 깊이에 대한 설명이 아닌, 감정의 무
게가 어떻게 형상으로 바뀌는지에 대한 기록이다.

3. '세상을 겪으며 배우는 길'―일상의 골짜기에서 피어나는 역설
의 지혜

인간이 구체적인 일상 속에서 발견하는 통찰과 세태 비판,
그리고 익살과 풍자를 담았다. 「콧등치기국수」가 그 대표적 예
다. "기득권에 빨려드는/ 쫄깃한 자존심", 오만한 콧등을 치는
국수의 장면은 한국적 시장의 활기 속에서 발견한 사회 풍자
다. 국수 한 가닥이 오만을 때린다는 표현은, 삶의 진실이 거창
한 곳에 있지 않음을 보여준다. 「서스펜디드 커피」는 그 반대
편에 있는 소박한 희망이다. "잘 우린 커피 향보다/ 사람 향이
좋은 날", 이는 낮은 곳의 선행이 만들어내는 미묘한 온기를 말
한다. 비발디의 '사계' 중 〈가을〉이 흐르는 찻집에서 별처럼 뜨
는 눈물은 타인의 선함이 불러오는 감정이다. 이 시는 좁은 공
간에서 펼쳐지는 인간성의 가능성을 섬세하게 포착했다. 「귀
로 먹은 보약」은 교만의 날개가 돋는 시기의 자만심을 다룬다.

"두 귀로/ 받아먹은/ 쓰디쓴/ 보약"은 타인의 충고, 혹은 실패의 경험을 의미한다. 그 쓴맛이 영혼을 겸손하게 만들어 결국 "무릎으로 살"게 한다는 결은, 인간이 겸손을 통해 인격을 완성해 간다는 윤리적 통찰이다. 「드로잉」은 일상적 선線을 통해 인간의 욕망과 투명한 공간의 역설을 조명한다. "빠르게 달려가서 멈춰 선 투명한 방"과 "알몸으로/ 누"운 여인의 대비는 순수와 욕망, 절제와 노출의 모순을 한 장의 드로잉처럼 펼친다. 간소한 선은 오히려 욕망의 실체를 극명하게 드러내는 중의적 효과를 가져온다. 「치킨 배달」에서 "알몸뚱이로/ 파닥거리며" 닭을 쫓는 우스꽝스러운 장면은 "축 늘어진/ 시간"과 배달 문화가 만들어낸 현대의 허망한 풍경을 묘사한 것이다. 결국 시는 일상이라는 거울에서 인간의 실체를 발견하는 과정이다. 웃음과 눈물, 위악과 소박함이 뒤섞인 풍경 속에서 우리는 삶의 비루함과 따뜻함을 동시에 느끼는 것이다.

4. '말과 시로 존재를 짓는 길'—언어의 집을 세우는 손

지금부터 언급할 시에서는 언어 그 자체에 대한 성찰과, 말과 글이 어떻게 존재를 지탱하는가를 다뤘다. 「내가 낳은 말들」「상큼한 시」「원고지」는 모두 시와 말, 글쓰기의 존재론을 확장한다. 예컨대 「내가 낳은 말들」에서 화자는 말을 알처럼 낳는 존재다. 말은 생식과 탄생의 이미지로 바뀌고, 타자의 마

음속 "광주리에/ 도란도란 모여 앉"는 장면은 언어가 타인의
세계 속에서 새롭게 의미를 갖는 과정이다. 「원고지」의 '벌통'
같은 정형성과 '꽃 숲' 같은 풍경은 서로 상반된다. 벌통은 규
칙이지만, 꽃 숲은 자유다. 원고지는 그 틀 속에서 꿀물을 길어
올리는 비밀스러운 봄, 즉 창작의 환희를 품는다. 결국 말과 글
은 틀과 자유가 충돌하는 장소다. 「귀에 박힌 녹슨 말」에서는
언어의 상처를 다뤘다. 녹슨 말은 오래 박혀 있던 오해 혹은 폭
력적 언어다. 그것을 "역회전의 드릴로 꺼"낸다는 것은, 잘못된
말의 해독 과정, 폭력적 언어로부터의 해방이다. "순간 확장된
귀에 차오르는 판타지"는, 언어의 상처가 제거되었을 때 비로
소 들리는 세계의 새로운 소리다. '이명'(「이명」)은 사소한 소음
이 아닌 '전쟁'으로 묘사된다. "달리는 탱크 소리", 포탄의 굉음
은 내면의 불안과 사회적 소음이 한 인간의 감각을 어떻게 파
괴하는지를 보여준다. 평화와 종전 선언을 바라는 마음은 결국
개인 내부의 평온에 대한 소망이며, 시대적 갈등이기도 하다.
「시로 만든 벤치」에서는 말의 기능을 가장 온화하게 풀어내고
자 했다. 설움 쌓인 사람이 와서 앉아 울라고 내어놓는 벤치는
실제 벤치가 아니라 시 자체로서, 타인의 슬픔을 받아주는 정
서적 구조물이다. 「굴렁쇠」에서는 "당신 마음"을 굴렁쇠로 치
환함으로써 삶을 살아가는 태도를 상징화했다. 이는 "뒤틀리
고/ 모난 세상"을 둥글게 견디기 위해 스스로 균형을 잡아야 하
는 인간의 마음이다. 「담채화」는 '하늘'과 '기러기'를 통해 순

간의 아름다움과 그것을 바라보는 인간의 태도를 그린 시다. 쪽빛 하늘에서 떨어질 듯한 낮달은 붙잡을 수 없는 허무다.「홀컵」에서는 골프의 규칙을 빌려 욕망의 구조를 드러냈다. 아무 말 없이 모든 것을 "받아주"는 홀컵은 욕망을 판단하지 않는 그릇이자, 결국 비워짐으로 귀결되는 인간 욕망을 나타낸다.「잠 못 드는 밤」에서는 전통적 직조의 이미지로 내면의 밤을 형상화했다. "베틀로/ 놓인 생각", 북처럼 오가는 "사무치는/ 그리움"은 잠들지 못한 정신의 반복 운동이다.

　시가 타자를 구원할 수 있을까? '가능하진 않지만, 그렇다고 불가능하지도 않은' 문학의 힘을 조용히 제시해 보았다. 이 24편의 시는 삶을 한 방향으로 설명하지 않는다. 내면을 벼리는 길에서 인간은 말을 찾기 전에 자신을 정련한다. 사랑과 상처의 길에서 관계의 깊이와 아픔은 삶의 온도를 조절한다. 세상을 겪으며 배우는 길에서 일상은 한없이 작지만 동시에 가장 큰 진리를 준다. 말과 시로 존재를 짓는 길에서 언어는 삶의 잔해를 모아 집을 짓고, 그 집은 타인을 품는다. 결국 이 모든 과정은 살아간다는 것을 한 편의 시로 만드는 일이다. 시인은 스스로를 갈고, 타인과 부딪치고, 세상에 웃고 울며, 마지막에는 말을 낳는 존재다. 삶의 고통과 기쁨은 서로 다른 결을 가지고 있으나, 그 결이 모여 한 편의 서사로 완성된다. 따라서 이 24편은 단순한 시편들의 모음이면서도 한 인간이 어떻게 세상을 살아가며 자신만의 길을 찾는지에 대한 물음표다. 그 길 위에서 시를 단순한 문학이 아니라, 존재의 증명, 마음의 집, 타인을 위한 작은 벤치로 놓아본 것이다.

4부

1. 'NG 모음' – 편집되지 않은 진실과 폭로

「NG 모음」은 제목에서부터 독자의 호기심과 긴장을 동시에 자극하고 싶었다. 'NG'는 영화 촬영에서 실패하거나 편집에서 제외된 컷을 뜻하지만, 이 연작에서의 NG는 단순한 실패가 아니다. 그것은 공식 기록에서 누락되거나 의도적으로 배제된 현실, 역사와 사회가 외면한 진실이다. 삭제된 장면들을 시 속에서 재현함으로써, 편집된 서사에서는 절대 드러나지 않을 인간과 사회의 숨겨진 모습을 복원했다. 완결되지 않은 장면, 말하지 못한 사건, 지워진 기억이 시적 공간 안에서 되살아나, 독자는 시를 읽는 동안 자연스럽게 그 장면들을 상상하고 체감하기를 바랐다. 각 편의 제목이 되는 단어들 – '빠루', '삼합', '대파', '미더덕', '홍어' 등은 일상적 사물이거나 흔히 접하는 재료이지만, 사회적 폭력과 부패, 권력의 탐욕과 인간적 고통을 드러내는 상징으로 변모시켰다. '빠루'는 사실, 부패를 뽑아내는 도구에 앞서 폭력의 상징이다.

여전사손에들린빠루가소리친다

니들 다 뽑아낼 테니
똑 – 빠루 해
똑 – 빠루

뒤틀려 주저앉을 듯
이전투구에
눈먼 집
　–「NG 모음 1 – 빠루」전문

　이 시에서 '빠루'는 단순한 공구가 아니라, 권력에 의해 도구화된 언어를 상징한다. 시는 빠루를 들고 선 '여전사'라는 형상에서 시작하는데, 이는 특정 정치인의 투사적 이미지, 곧 '강성, 결단, 투쟁'으로 포장된 정치적 몸짓을 패러디한 것이다. "여전사 손에 들린 빠루"라는 표현은 정치적 힘을 정당성의 근거로 삼기보다는 물리적 압도, 감정적 선동으로 대체하는 정치의 작동 방식의 비유다.

　"니들 다 뽑아낼 테니"라는 선언적 문장은, 대의와 규범을 앞세운 정치 언어라기보다 대결, 척결, 처분의 말투로 구성된다. 여기서 정치적 정당성 대신 '힘으로 밀어붙이는 어조'를 풍자

했으며, 이를 둘러싼 갈등, 특히 타인을 향한 몰아세우기식 정쟁을 희화화했다. 이어지는 "똑 - 빠루 해/ 똑 - 빠루"는 실제 빠루가 벽과 못을 두드릴 때 울리는 소리가 아니라, 정치가 상대를 찍고 빼내기를 기계적 동작처럼 반복하는 모습을 상징한다. 이는 토론과 합의를 수행해야 할 곳이 도구적 파괴의 리듬으로 움직이는 장소로 전락했음을 비꼰 것이다.

"뒤틀려 주저앉을 듯/ 이전투구"는 정치의 본래 기능과 품격이 균열되어 가는 모습의 응축이다. '이전투구'는 논리 대신 억지, 품위 대신 욕설, 정책 대신 이미지 싸움이 난무하는 '저급한 싸움'의 상징이다. 결국 빠루의 리듬은 오거니즘의 고조음, 곧 비이성의 파동이 되어 공동체의 기반을 흔든다. 종장의 끝 3음절 "눈먼 집"은 본디 바라보아야 할 방향, 공공성, 대의, 국민의 삶을 상실한 상태를 암시한다. '집(국회의사당)'이라는 공동체의 공간을 '눈먼 상태'로 묘사함으로써, 정치인 개인의 과잉된 몸짓이 시대를 눈멀게 한다는 비유다. 빠루는 결국 남을 부수는 도구가 아니라, 정치 스스로의 시야를 파괴하는 역설의 도구인 셈이다.

이 시는 특정 정치인의 행태를 직접적으로 비난하기보다는, 그 정치적 몸짓이 한국 정치 문화 속에서 어떠한 왜곡된 리듬과 구조를 만들어내는지 풍자적 상징을 통해 폭로하고 있다. 빠루를 든 '여전사'는 스스로를 정의의 투사로 믿지만, 그 빠루의 타격음은 이미 벽이 아니라 민주주의의 신경을 부수는 소음이다.

　'삼합'은 정치, 언론, 노사가 은밀히 결탁한 구조, '대파'는 탐욕으로 채워진 공간을 민중의 손길로 자르는 상징, '홍어'는 삭아버린 피해의 시간과 역사의 부패다. 친근한 사물과 음식을 통해 극한 상황의 현실성을 구체적으로 포착하면서도, 그것을 상징적 힘으로 전환하여 독자가 각 장면의 의미를 적극적으로 사고하도록 만들었다. 이 연작의 언어는 단절적이고 파편적이며, 절제된 단위인 구 중심으로 구성했다. 이는 영화 NG 장면처럼 완결되지 않은 말과 미처 매듭짓지 못한 사건들을 기록하는 방식이며, 완전한 서사보다 삶의 단면과 현실의 긴장을 순간적으로 포착하는 미학적 장치가 된다. 시적 언어가 가진 서정적 힘은 곧바로 현실적 체험과 연결되어, 독자는 시를 읽으면서 사건과 장면을 직접 눈으로 보는 듯한 경험을 하게 될 것이다. 이처럼 「NG 모음」 연작은 언어의 날것, 현실의 냄새, 사물의 현장감을 서사적 구조 안에 담아낸, 고전적인 시조 형식의 정제된 어법을 넘어선 현대적 실험정신의 결과물이라고 생각한다.

2. '권력과 폭력'-해부된 현실

　「NG 모음」 연작의 중심적 테마 중 하나는 권력과 폭력, 그리고 그 구조를 해부하는 시적 시선이다. 반복적 메타포를 통해 사회적 부패와 불합리, 제도의 폭력성을 적나라하게 드러냈다. '부엌칼', '가마솥', '혀', '골프공' 같은 사물은 단순한 도구가 아니다. 이들은 모두 권력의 구조를 절단하거나 해체하는 상징적 기능을 가지고 있다.

「법꾸라지」와 「비리」에서는 법과 제도의 취약성과 권력의 부패를 생물학적 형상으로 은유했다. '법꾸라지'는 "미끄덩! 손아귀에서/ 빠져나"가려는 권력자들을, 「비리」의 '카멜레온'은 순간적으로 구조를 끌어오는 부패의 생태계를 상징한다. 「검은 입」과 「금고」에서는 언어와 재산이라는 제도적 수단을 통해 권력의 폭력을 드러냈다. 백지 위에 덧칠되는 '검정'은 진실을 지우는 언어적 폭력이다.

　　보란 듯
　　당당하게

　　거칠 것 하나 없이

　　만인 앞에
　　보여주던

　　선서의 흑심 논리

백지가
검댕이 되도록

덧칠하는
독한 입
　－「NG 모음 15 - 검은 입」전문

　이 시에서 '검은 입'은 단순한 신체의 일부가 아니라, 말을 통해 세상을 더럽히는 권력의 장치다. "보란 듯/ 당당하게"라는 첫 구절은 정치꾼 특유의 뻔뻔함을 드러낸다. 마치 잘못이 없다는 듯 가슴을 펴고 서 있으나, 그 '당당함'은 스스로 만든 착시일 뿐이다. 이 과장된 자세를 통해 부끄러움과 책임감이 사라진 권력자의 표정을 해학적으로 비틀어보았다.

　"선서의 흑심 논리"라는 구절은 특히 정치적 풍자의 핵심이다. 선서란 원래 공정성과 양심을 약속하는 말인데, 이 시에서는 그 거룩한 의식조차 자기 정당화와 책임 회피로 변질된 검은 논리로 뒤집힌다. 선서를 한다는 것은 흰 종이에 서명하는 행위와 비슷하지만, 여기서 그 '흰 종이'는 결국 "백지가/ 검댕이 되도록" 칠해졌다. 즉, 정치꾼의 말은 설명이 아니라 부정과 비틀림의 덧칠이며, 그는 스스로의 잘못을 감추기 위해 사실과 양심을 검게 태워버렸음을 고발한 것이다.

　"거칠 것 하나 없이// 만인 앞에/ 보여주던"이라는 표현은 비

뚫어진 양심이 어떻게 '포장된 자신감'으로 작동하는지를 드러낸다. 민심 앞에 머리를 숙여야 할 자리에서도 사과 대신 더 큰 목소리로 거짓을 부풀리고, 책임 대신 억지를 쌓아 올린다. 이 뻔뻔함을 마치 검댕을 칠하며 스스로를 더 검게 만드는 광대짓처럼 묘사했다.

마지막의 "덧칠하는/ 독한 입"은 이 시의 풍자적 결말이다. 독한 입은 단순한 모욕적 표현이 아니라, 언어를 독으로 만드는 정치적 태도를 상징한다. 잘못을 인정할 용기가 없으면 입은 진실 대신 변명과 흑심을 토해내고, 그 독이 결국 공동체 전체에 스며든다. 정치꾼의 입이 독한 이유는 말이 가시처럼 뾰족해서가 아니라, 정의를 검게 칠하고 진실을 숨기는 데 주저함이 없기 때문이다. 이 시는 한국 정치의 구조적 병폐와 뻔뻔함, 책임 회피, 억지 논리를 날카롭게 겨냥한 것이다. 결국 '검은 입'은 정치인의 입이면서, 사과를 모르는 권력의 얼굴이다. 이 얼굴을 해학적 거울 속에 비춰 '이것이 바로 너희의 색'이라고 조용히 말하고 싶었다.

금고 속 재산과 불법 위장 도급, 권력의 횡포는 사회구조가 억압과 착취로 단단히 결합되어 있음을 보여주는 대목이다. 여기서 다루는 폭력은 단순한 물리적 힘이 아닌, 제도와 언어, 정치 체계 속에 내재된 구조적 폭력이다. 「1905년 11월 20일 황성신문」과 「쿠데타와 혁명 사이」에서는 역사적 사건과 언어 변형까지 포괄하며, 현실을 미화하지 않고 그대로 드러냈다.

시적 언어의 강렬함과 반복은 사회구조의 내장과 부패를 폭로하는 리듬이 되며, 독자는 읽는 동안 격정적 긴장 속에서 사회현실의 냉정함을 체험하게 될 것이다.

3. '민중의 상처'-존재의 서사

「NG 모음」 연작은 권력의 폭력만을 드러내는 것이 아니라, 그 폭력 속에서 살아가는 민중과 피해자의 목소리를 함께 포착한다. 「미더덕」에서는 버려진 재료의 마지막 자존심을, 「황금노역」에서는 하루 노동의 값이 5억으로 환산되는 현실을, 「후회」에서는 양심을 접고 한 선택에 따른 민초의 눈물과 피를 시속에 담았다. 이러한 시편들은 민중의 상처를 단순히 연민의 대상으로 그리지 않고, 비극 속에서도 자신을 증언하고 존재를 확인하는 주체적 힘으로 재현했다. 또한 민중을 단순한 희생자가 아니라, 비극적 현실 속에서 자기 목소리를 발견하고, 현실을 재조명하며 살아가는 주체로 그려냈다. 이처럼 「NG 모음」 연작 속 서정은 단순한 감상적 연민이 아닌 분노와 저항, 체념과 절규가 혼합된 격정적 서사다. 독자들에게 폭력의 현실을 직시하게 하고, 동시에 그 안에서 살아가는 인간 존재의 슬픔과 강인함을 동시에 체감하게 한다.

4. '언어와 기록의 윤리' — 시적 혁명

「NG 모음」 연작의 마지막 층위는 언어 자체에 대한 성찰과 기록의 윤리다. 「혀」에서 "오래된/ 침묵"은 이끼 긴 공간 속에서 언어가 자리를 잡지 않은 채, "자존심이/ 붉은 꽃"으로 피어났다. 이는 단순한 침묵이 아니라 진실을 지키기 위한 언어적 저항이다. 「쿠데타와 혁명 사이」에서는 단어 하나의 차이가 가져오는 정치적 폭력과 억압을 드러냈으며, 「하회탈」에서는 소멸된 존재 위에 웃음을 덧씌운 가면으로 사회적 모순을 상기시켰다.

연작에서 날것의 언어와 상징, 반복적 은유를 통해 독자로 하여금 현실과 역사를 재인식하게 하는 시적 혁명을 펼쳤다. 「NG 모음」 속 모든 조각은 연결되어, 삭제되고 지워진 진실을 다시 불러오는 언어적 아카이브가 된다. 사물과 사건을 기록하면서, 독자가 그 안에 숨은 부조리와 권력, 그리고 민중의 상처를 함께 목격하도록 유도했다. 결국 「NG 모음」 연작은 단순한 고발이나 서사가 아니라, 편집되지 않은 진실, 부패한 권력과 민중의 존재, 그리고 언어의 윤리와 혁명을 통합한 현대시조의 새로운 지평이라고 생각한다. 'NG'는 실패가 아니라 기록되지 않은 진실의 원본이며, 이를 통해 독자와 함께 현실의 결함과 상처, 그리고 그 안에서 살아가는 인간의 생생한 모습을 응시하고자 했다.

이상에서 살펴보았듯, '꽃에서 우러나는 순수한 울림과 잔향', '자연을 통해 들여다본 절제된 시학의 미', '사람 사는 세상에서 호탕하게 톺아 올린 시편', '사회 부조리와 정치판을 격렬하고 통쾌하게 비판한 풍자'가 독자들의 뇌리에 오랫동안 남아 있기를 간절하게 바라는 마음이다.